Diana Zea Cardona

DE MI NIETA…
PARA TUS NIETOS.

Bogotá D.C.

2020

El presente libro infantil, fue escrito con mucho cariño, esfuerzo y dedicación por la autora y su nieta, quienes juntas conformaron un gran equipo en pos del presente producto literario, para la diversión y aprendizaje de los menores en el rango de uno a ocho años de edad.

SUGERENCIA DE LA AUTORA:

Se recomienda que los niños lean los presentes cuentos aquí redactados, en compañía de sus padres y siempre, ojalá con un fondo musical relajante y suave a sus oídos.

Edición: Año 2020

A aquellos padres y abuelos… A aquellos…
Que tienen sabiduría
Para otorgar enseñanzas de vida
A sus hijos y nietos…
A aquellos niños interesados en la lectura…
Es de estudiosos un libro en sus manos
Pero también de futuros líderes de vida.
Con profundo Amor y nuestra eterna Gratitud.

AGRADECIMIENTOS:

- *A Dios, quién puso en mi nieta y en mí, mucha sabiduría y nos mostró el camino adecuado para llevar a cabo el presente libro de cuentos infantiles.*

- *A mi nieta menor Mía Sevilla - Real autora de los cuentos relatados en el presente libro infantil. A ella, gracias por dejarme obtener su linda e inocente sabiduría de vida infantil.*

- *A mí querida familia… Por ser ellos mi motor de vida y recordarme siempre que debo dejarles un legado positivo de ejemplo de vida para su futuro. A ellos: Gracias por existir, por dejarme ser parte de su vida.*

RESEÑA HISTÓRICA

De mi Nieta para tus Nietos... Es un relato hermoso contado en secuencias individuales de cuentos infantiles, por la nieta de la autora y está diseñado en un lenguaje de tú a tú entre los niños de uno a ocho años de edad.

Es innegable que los menores suelen ver una película o leer un libro una y otra vez y la mayoría de los padres, abuelos o acudientes, solo piensan en complacerles, porque aluden que les gustó mucho ésta o aquella figura o personajes y por ello, la necesidad de su repetición a intervalos.

Al respeto, la autora tiene otro concepto: Los niños realizan estas acciones, porque de repente en la primera fase de lectura de un libro o visualización de una película, no la entienden y es ésta, precisamente la causa que les lleva al impulso de su repetición. Literaturadianazea, propone a los padres de familia y abuelos: La lectura del presente libro infantil en compañía de sus hijos y nietos menores de ocho años. Se asegura que los pequeños sentirán identidad con la autora infantil, ya que su lenguaje es apropiado y entendible entre ellos, dentro de la literatura infantil. Se trata de cuentos hermosos y de mucha fantasía y enseñanza que alegran definitivamente la vida de los pequeños a nuestra responsabilidad.

PRÓLOGO:

Pero quién es la autora infantil:
Conozcamos un poco de su estilo de vida, contado por ella misma.
(Tiene nueve años de edad y así se expresa)...

MIS SÚPER PODERES
Por Mía Sevilla

Yo soy Mía Sevilla y tengo Súper Poderes, aunque no pueda volar, ni tener cosas mágicas… Lo único mágico somos TODOS dentro de nosotros; Cada uno tenemos poderes…

Hay personas que tienen especialidades como yo que tengo una, que es mi propia imaginación. Otras en cambio, son diferentes… Como bailar o demás actividades.

Pero no hablemos de cuentos en esta oportunidad… Es otra cosa que muchos pueden imaginar: Puede ser la imaginación y ésta, la primera razón de tener Súper Poderes.

Me gusta el color morado; Entonces seré la chica morada… ¿Y tú?... ¿Cuál es tu color favorito?... ¿Por qué te gusta?...

A mí, porque el morado es el color que me da tranquilidad o por otra cosa o porque me gusta y ya. O bueno, por más razones, pero mi mensaje es nunca rendirte y siempre tenemos Súper Poderes dentro de nosotros y si te propones a un reto, cueste lo que cueste, sé que lo lograrás. Hay épocas de virus o de guerras, pero sabemos que siempre hay solución. CONTINUARÁ.

...Así se expresó Mía Sevilla en su exposición de sí misma y la autora, ha decidido que siendo una versión original de una menor de edad, no debe cambiarse sus expresiones y lenguaje, además de considerarlas de mucha lógica y visión hacia el futuro, viniendo de una niña de su edad. Considera que la pequeña autora conectará con su audiencia infantil como ya se e expresó anteriormente en nuestra Reseña Histórica: De tú a tú entre los menores.

Es por lo anterior, que Literaturadianazea, da a conocer la presente temática de cuentos infantiles, relatados de una forma original por su nieta hacia sus lectores infantiles y de allí, surge DE MI NIETA PARA MIS NIETOS en un fantástico lenguaje, que se perfila como éxito de entendimiento y diversión literaria para los menores de ocho años.

La presente secuencia de cuentos infantiles, desea rescatar la comunicación y el lenguaje entre los niños, de una forma auténtica de identidad entre los menores de ocho años.

El presente escrito se da por certificado en el mes de mayo del año 2020, que tantas enseñanzas dejará para el mundo entero y es por ello que Mía Sevilla empieza sus cuentos infantiles con una linda carta para su madre y su abuela en su mes de festejo:

Mamá y Abuela:

Son el Sol de nuestro interior, gracias Por cuidarnos.
Son tan bellas como una estrella. Sus ojos son de
Miel y Son amorosas como una rosa.

Su belleza es como un Girasol, ante un Sol.
Sin ustedes no Podemos vivir. Nos llenan de
Confianza cuando estamos con ustedes.

Mamá y Abuela, Son como un diamante que es radiante.
Por eso este dia te doy una Flor que vino
de nuestro corazón.

Que azul es el cielo, que blanca es la arena,
que lindas son mi madre y abuela, tan
dulces y tan buenas.

de: Familia ♥
con mucho cariño ♡

La Hadita y el Hadito
De Mía Sevilla

Un día, una Hada quería saber si había más haditas en el mundo… Muy temprano, se encontró a un hadito. Éste le dijo que si quería ser su amiga y la hadita dijo que sí.

Entonces se fueron a volar por toooodo el cielo y jugaron a las escondidas. Se divirtieron todo el día hasta que estuvieron muy cansados.

De pronto, se aburrieron, pero la hadita le dijo que ya se tiene que ir a su casa.

El hadito dijo que también se quería ir a su casa y se prometieron que se iban a ver mañana. Al día siguiente: -Hola hadita… Le dijo el hadito… La hadita dijo hola también y se contaron como van entre los dos y se fueron otra vez a jugar muy felices tomados de la mano. Esta vez fueron por el cielo a visitar más haditas y más haditos.

La hadita y el hadito se cansaron de jugar y se fueron a sus casas y así lo hicieron todos los días, hasta que fueron adultos y trabajaron conjuntamente por los haditos menores.

Fin.

El Monte Colorido
por Mía Sevilla

Un día, una mamá le estaba contando una historia a su niña… Que por el bosque había una montaña que se llamaba: El Monte Colorido… Desde ese día, la niña fue investigando lo de El Monte Colorido. Noche tras noche, ella seguía averiguando hasta que llegó el día en que le dijo a su mamá que si podría ir a buscar el Monte colorido. La mamá le dijo que sí, pero también le dijo que con cuidado. Entonces: Ella cuando vio El Monte Colorido, vio tres colores que eran violeta, azul y rojo. Éstos no eran solo colores; De éstos, también habían más: El blanco, el negro, el rojo, el marrón y de todos los colores. (Linda fantasía nuestra). La niña decidió irse a la casa pero se encontró un árbol que hablaba. El árbol le dijo que nadie puede salir del Monte Colorido. ¿Por qué? Se preguntaba la niña… El árbol le dice que todos los niños que llegan allí, se quedan jugando entre los colores.

La niña no entendía en su linda fantasía lo que ocurría, pero esto le daba mucha felicidad, así que se quedó por voluntad propia. La madre simplemente era feliz mirando la felicidad de su niña, mientras se dormía con una sonrisa de satisfacción.

Fin.

El Cuadro del Misterio
por Mía Sevilla

Un día, una niña estaba pintando un cuadro de color morado… Cuando ella se dio cuenta, el cuadro era mágico, porque ella quería pintar a una princesa, pero en vez de eso, pintó toooooodooooo el papel de color morado.

Entonces le dijo al profesor de Arte, que el cuadro era mágico. El profesor llamó a los policías para que revisara ese cuadro. Los policías dijeron que era un misterio y la niña cuando se fue a su casa, vio los libros de los papeles mágicos. Ella vio que no era ningún mago ni un truco de magia; Así que era un misterio. Entonces cuando volvió a las clases de arte, trataba de controlar el papel. El papel no podía controlarse… Y ahí fue cuando ella empezó a leer muuuuuchos más libros para descubrir cómo se controlan los papeles mágicos. Leer le daba sabiduría. Entonces, al final, pudo hacer que el papel se controlara y ella le daba la orden para que pintara una princesa y al final lo logró y simplemente apareció ésta, con una sonrisa de triunfo en su bello rostro.

Fin.

La Vida Juntos

por Mía Sevilla

Hace muchos años, una niña muy bonita que se llamaba Isabel. Un día Isabel fue atrapada por una malvaaaaadaaaa bruja… Ésta se fue un día por comida mientras que la pobre Isabel encerrada en la guarida donde había sido llevada por la bruja.

De pronto, apareció un hombre que se hacía llamar Romeo… Romeo y los dos se volvieron amigos desde un día cuando cumplieron veinticinco años cada uno.

Se enamoraron muchíiiiiisiiiiiimooooo. Entonces desde ahí se volvieron novios y el príncipe a Isabel la sacó de la guarida… Se fueron a casarse y una bruja buscando a la princesa, jamás la encontró y ésta pudo ser muy feliz en su nueva vida.

Fin.

La Luna y el Sol
por Mía Sevilla

Cuando era de día y el sol iluminaba, aparece la luna. La Luna bonita, esplendorosa y con mucha energía. El sol y la luna siempre fueron mejores amigos pero sus mamás también. La luna decidió verse cuando era de noche... Pero el sol no podía; La noche le hacía daño al sol, no podía estar con la luna ni la luna podía estar en el sol. Entonces ellos que eran amigos desde pequeños, parecía que nunca podrían estar juntos... Desde el día que se separaron, fue cuando sus papás murieron. Pero... La luna y el sol seguían siendo mejores amigos y por siempre. Decidieron que en ocasiones, cuando cae la tarde o cuando está amaneciendo, sería un buen momento para su encuentro y así lo hacen. Son muy felices compartiendo estos momentos cuando pueden esperarse mutuamente.

Entonces: La luna y el sol se fueron a buscar planetas... La luna buscó a Plutón y a mercurio y el sol buscó a Júpiter y a Neptuno, pero la luna y el sol querían saber si la tierra podía ser su amiga... Entonces fueron a buscarla; Le dijeron: ¡Hola tierra!,   y la tierra dijo: Hola luna, hola sol...   Y preguntó: ¿Por qué vienen acá?   Porque queremos ser tus amigos – fue la respuesta de ambos sin pensarlo dos veces. La tierra dijo que sí quería ser sus amigos. Entonces todos los planetas fueron amigos para siempre.

Fin.

EL MUNDO DE LAS SIRENAS
Por MÍA SEVILLA

Un día en el mundo de las sirenas, una de ellas y un sireno iban por el mar… Ellos querían ir a jugar con los pececitos. Se encontraron un pececito muy extraño. Dijo el sireno: La sirena le dijo que no era un pez extraño, era una estrella de mar.

La sirena se fue a sentarse en una roca. Después, ya se tenían que ir a sus casas y se fueron a hacer un plan, porque ellos querían ir a la otra mitad del mar.

Entonces, el plan: Dijo la sirena que cuando sea de noche se escaparan y se irían a la otra mitad del mar.

Cuando era de noche, se fueron a la otra mitad pero rápidamente se hizo de día y corrieron al mundo de las sirenas. Todas las sirenas querían saber que sueños tenían entre ellas. La sirenita y el sirenito les dijeron el secreto: Que ellos se fueron en libertad. Las sirenas les prometieron que no se lo iban a contar el Rey ni a la reina, que esto quedaría siempre en secreto entre ellos; Entonces se fueron a su cama cada uno, porque el Rey iba a despertarlos a la sirena y al sireno y debían estar en su lugar. El Rey no se dio cuenta ni la reina, se fueron a desayunar y también se fueron a jugar. Pasaron la página y fueron muy felices. Se reunían todos cuando podían.

Fin.

El Mundo de Paz

por Mía Sevilla

Hace mucho, existió la guerra, pero ahora estamos en la Paz y la princesa le pregunta a su padre… ¿Por qué estamos en paz ahora?…

El papá le contestó que solamente con cariño y amor se podía hacer la paz. La princesa dijo que la paz es muy bonita y muy amigable.

El Rey le dijo que la paz está en nuestra familia; Y…¿Dónde está la paz? Se preguntó nuevamente la princesa. Su papá le dijo otra vez, que la paz estaba en nuestro corazón. Entonces: La princesa le dio un beso y un abrazo a su padre. El papá muy feliz de que su hija entendiera qué es la paz.

Fin.

El Día de la Paz
por Mía Sevilla

Un día una mano quería decirme que la paz es buena y muy Bonita… También me dijo la mano que en la paz estamos Ahora… ¿Por qué? Me pregunto: La mano me responde que hace mucho tiempo existía la guerra y todos peleaban entre todos. ¿Y por qué estamos ahora en paz si antes fue la guerra?... Pues es que nos íbamos calmando y el amor llegó a nuestro corazón y se formó la paz. También se nos llegó a la alegría. Lo anterior me hizo recordar las manos de mi madre… Siempre cariñosa y amorosa y siempre manos dispuesta a abrazarme y darme tranquilidad. Cuando siento sus manos que me llevan a mi cama en las noches, las siento tibias y llenas de amor hacia mí, entonces siento que definitivamente esto es la paz y me duermo tranquila.

Fin.

La Mejor Familia
por Mía Sevilla

Un día una familia era muyyyy cariñosa con todo el mundo… A veces, necesitan ayuda para hacer cosas, como cocinar, hacer bufandas, también cosas artesanales y hasta peluches…

Era una familia muy buena; La niña hacía los peluches, la mamá hacía las bufandas y el papá cocinaba.   Ellos tenían un regalo entre familia y ese regalo era La Paz y el amor mutuo.Un día necesitaban muuuuucha ayuda;

Todos los vecinos que querían mucho a esa Familia, los ayudaban, con mucho cariño por ellos. A la niña le tenían que ayudar a hacer algunos peluches…A la mamá le ayudaron a hacer algunas bufandas y al papá se ayudaron con la comida.   Una familia unida de la cual se copiaron muchos vecinos para hacer un nuevo estilo de vida entre ellos.

Fin.

La Noche de Navidad

por Mía Sevilla

Había una vez una niña que se llamaba Camila… Ella era muy Buena… Dijo que en navidad quería una muñeca y también un muñeco de nieve de peluche. Cuando era el día de Navidad, Camila se alegró mucho de que Papá Noel le trajera su muñeca y su peluche. Cuando era por la mañana: -Mira mamá… Me trajo la muñeca y el peluche… Dijo Camila. Empezó a jugar con ellos y estaba muy feliz. Al día siguiente Camila fue a ver la tele y a desayunar. También ella quisiera que volviera Santa y que le traiga un pequeño regalo para su mamá porque ya casi era su cumpleaños. Por la noche, vio a Santa por el Árbol de navidad y prometió que guardaría el secreto, porque ningún otro niño en el mundo, ha podido ver a Santa. Estaba feliz. Puso ella misma el regalo para su mamá en el árbol de navidad porque Santa se lo entregó personalmente. Entonces: Camila gritó: ¡Se me cumplió el sueño!!! Sabía que debía guardar el secreto.

Fin

La Rosa y el Girasol
por Mía Sevilla

Un día una rosa le dijo al girasol que si quería ser su amiga… Cuando se vieron, quisieron ser mejores amigos para siempre… Entonces: Se fueron a su casa a traer uno juguetes, mientras que el girasol, giraba por el sol. La rosa le trajo un Poquito de abonos para que ellas fueran muy bonitas y mejores Amigas. También un poquito de agua para que crecieran fuertes y sanas; El girasol tan emocionado por ser mejores amigos, también le trajo a la rosa abono y agua para que fueran unas bonitas flores con valentía y con corazón de hermanas. La rosa y el girasol se fueron a sus casas porque iba a llover y ellas necesitan que llueva un poquito suavecito para que no las ahogue el agua. Entonces: Al día siguiente, se volvieron a ver, pero la rosa vio el sol y aún estaba más brillante y el girasol estaba también más brillante y la rosa estaba muy roja como el corazón. Eso era felicidad.

FIN.

La Niña Princesa
por Mía Sevilla

Había una vez, una niña que quería ser una princesa… Era muy bonita y su nombre igual: La niña le dijo a sus papás que si de cumpleaños le regalaban una corona. Al día siguiente que era el cumpleaños de la niña… Sus papás la despertaron con un abrazo y con un beso y con pastel. Entonces: El papá le dio el regalo y era la corona de princesa. Sus papás le dieron también un vestido de princesa y unos zapatos preciosos. La niña princesa dijo que se quería ir al bosque a encontrarse Amiguitos y sus padres le dieron permiso… Cuando se fue al bosque no encontró nada y su corona se le puso lleeeennnaaaaaa de hojas… Entonces ella se fue a casa a limpiarse la corona y fue a dormir en su cama de princesa. La niña se sentía como lo que era… Una Princesa en un castillo real y también se fue a comer comida riquísssimmma que le hizo su mamá, antes de ir a la cama.

Fin.

Las Mejores Amigas
por Mía Sevilla

Un día una niña llamada Paula quería tener un unicornio… Paula les dijo a sus papás que así lo deseaba…

Los papás dijeron que podrían ir mañana a buscar un unicornio para ella… Al día siguiente, Paula se fue a buscar el unicornio por la tarde… Entre los árboles, encontró un cuerno de unicornio… Decidió quitar las ramas de los árboles y cuando lo hizo, vio un unicornio… Entonces: El unicornio y Paula se fueron a jugar. Al poco tiempo, Paula se fue a su casa a traer un poquito de comida y de agua. El unicornio también se fue a su casa por comida. Cuando vino el unicornio, se puso muy feliz… Paula y él fueron mejores Amigos.

Entonces: Ellos se volvieron a ver por la mañana y dijeron que querían verse todos los días; Así que Paula se fue a su casa y se llevó al unicornio. Paula dijo que se escondiera el unicornio… Los papás le dijeron que si encontró al unicornio y Paula dijo que sí. En silencio se fue a su habitación con el unicornio, mientras que la mamá de Paula hacía la comida, ellos jugaban mucho y la niña cada vez era más feliz.

Fin.

El Mejor Día de mi Vida

por Mia Sevilla

Un día: Amanecí muy feliz porque era el día que esperaba: Mi Gran Cumpleaños… Al mismo tiempo, mi santo. Por eso fue mi mejor día; Invitaron a muchas amigas y me regalaron muchas cosas. Por ejemplo: Un globo, unas flores y una diadema y unos lindos zapaticos, etc., etc. Hicieron un pastel gigante que casi llegaba hasta las nubes; Cuando me lo empecé a comer dije: Está tan bueno, siento que estoy flotando en una nube. Me hicieron bromas que me hicieron sentir muy feliz y de tanto reírme, me he vuelto un poco loquita; Pero además, estuve súper bien.

En mi cumpleaños hicimos muchas cosas, una actividad que me encantó. ¡A dormir hijaaaa!... Ho, ho… mamá me está llamando, es mejor que me valla a dormir, para que pueda seguir soñando mis felices deseos. Ahora te pido buena noche papito Dios y me voy a dormir.

Este cuento se Ha acabado.

Fin

La Perrita Mágica
por Mía Sevilla

Había una vez, una perrita que era mi mejor amiga; Siempre ella ladraba pero no era normal, era tan especial, que parecía que hablara. Siempre jugábamos las dos y cuando me ponía triste, ella siempre me ayudaba. La paseaba por el parque, también íbamos al campo, a los lagos y a las montañas, ja, ja, ja. Hacíamos picnic que yo, me divertía tanto ese día, pero al final estaba la hora de dormirse y yo no quería. Por la noche me fui a su cama y en silencio jugábamos como siempre; Entonces: Nos poníamos muy felices. Pero: Ladraba mucho y despertaba a mamá y se nos acababa la diversión y teníamos que dormir.

No nos podíamos quedar dormidos de tanto hablar: Hasta que yo así lo hacía y al siguiente día, un cuento diferente, vais a ver. Este cuento se ha acabado.

Fin

El Cole para Monstros

por Mía Sevilla

Un día en un colegio, iban muchos monstruos; Cada uno, era uno de ellos. Un monstruo se llamaba Pablo. A él le encantaba asustarse a él mismo, tenía un mejor amigo que era su lobito blanco quién siempre decía: Auuuuuu, auuuuuu, auuuuuu, y se fueron a las clases. Luego de las clases se fueron a su casa, Pablo le dijo a su madre que tenía un mejor amigo. La mama de Pablo le dijo: ¡Esos son lobos!... Exclamo asustada y nerviosa. Pablo hablo con su madre: -¿Qué pasa con él?... (Pregunta Pablo); Su mama le responde: -No es un lobo es un chupa monstruos; Comen monstruos (Dice la mama de pablo asustada): ¿Cómo qué es eso? Dice Pablo... Su madre le responde: Es un animal que se come los monstruos en la noche... Dice la leyenda que se chupa a los monstros como una chupeta. Pablo exclama: ¡Wooow! ¿En serio?... Si hijo, puedes llevarlo al zoológico monstruoso y podrás seguir siendo su amigo. Pablo un poco triste exclama: ¡Está bien! Y luego muy triste: -Adiós mejor amigo, te veré siempre porque todos los días vendré a visitarte, ahora me toca hacerle caso a mi madre! Descansa nos vemos mañana adiós. Pablo y su pequeño amigo siempre siguieron siendo amigos y se divertían mucho cada vez que podían porque ahora Pablo iba a visitarle al zoológico.

FIN.

Mi Pequeña Mascota

por Mía Sevilla

Hola… Yo soy tu amiga que te voy a mostrar mi mascota… No es como cualquier mascota, ésta es la única mascota que hace muchas cosas como un humano o como una celebridad. Ella es muy bonita; Tiene una camiseta morada y tiene unos pantalones rosados con una gran manilla y una flor. A ella no le gustan los juegos de correr, solo le gustan los de lanzamiento. Le gusta que la paseen pero mucho, mucho, por los campos y por los parques. Un día la enseñé a ponerse de pie… Ahora, sí le digo que se ponga de pie, ella lo hace. Fin…

¿Qué crees? ¿Esta historia continuará o no?...

Escape de Tiburón
por Mía Sevilla

Había una vez un tiburón llamado Hippy que vivía en las profundidades del mar con sus amigos. Chiquitín y Pluto… Un día en su casa, Hippy se encontró con un monstruo marino que quería cortarlo en pedazos… Pliss - Splann – Pazzz – Él salió nadando, no había otra forma o espacio para salir… Entonces fue a las tuberías del mar… Thurun – thurun – thurun… thurunnnnn - llegó a un océano sin fin y habían tesoros y una luz que brillaba y yyyyy… Palabras que salían de bocas de afuera. ¿Alguien sabe qué es?... Siiii… Es la playa… Huyyyy, esa playa… Dijo Hippy. Allí también encontró a muchos amigos. Fueron muy felices todos, disfrutaban de las profundidades del mar y también de la playa, todo en su momento, cuando lo deseaban y se ponían de acuerdo para encontrarse allí.

Fin

Continuará en el medio.

Amigos por Siempre

por Mía Sevilla

Había una vez, unos amigos llamados: Libia, Raquel, Matías, Yuri, Nick y Bella. Bella se peleó con Nick, pero Libia quería que todos fueran amigos pero los dos no le hicieron caso. Bella le decía cosas malas y Nick le pegaba. Así eran todos, pero después Raquel suplicó: Chicos: Lo que dijo Libia sobre la amistad es muy bonito… Tampoco le hicieron caso. Nick y Yuri Decidieron luego también intentarlo igual, y ésta vez, fue diferente… Si trabajan en equipo, lo conseguirán, así que Matías y Yuri, entendieron el mensaje de su amiga.

Lo que hacían todos sus amigos era tratar de conciliar para que su amistad fuera por siempre y así que se perdonaron y volvieron a ser amigos para siempre, pero… Pero, perooooo Nick y Raquel se pelearon de nuevo.Un ratito y volvió otra vez el jaleo… Pero otra vez sus amigos intervinieron y todo cambió para bien de su amistad mutua… Ya no se hacían peleas, ni se pegaban ni se hablaban grosero. Todos entendieron lo que vale una amistad sincera. Ya aprendieron a no pelearse. El resumen es que han querido mucho entre ellos desde hace mucho tiempo.

Fin.

Las Súper Aventuras de Esmeralda

por Mía Sevilla

Había una vez, una niña llamada Esmeralda que era muy feliz… Un día: Esmeralda quiso ir a un parque de colores; Entonces le preguntó a sus papás: ¿Puedo ir al parque de colores?... Los padres de Esmeralda le dijeron: No te puedes acercar a ese parque; Puede ser peligroso…

Había muchas cosas que no dejaban hacer a Esmeralda. Por la Noche, Ella pensaba en el parque, no podía dormir de tanto pensar… Cuando sus padres estaban profundamente dormidos, Esmeralda se alejó de casa y se dirigió hacia el parque. Estaba perdida, no sabía a donde ir; Entonces, eligió el camino incorrecto hacia el lago de cocodrilos…

Como no veía nada, sin darse cuenta se acerca cada vez más al lago. Cuando sus padres se dieron cuenta de que Esmeralda no estaba, fueron a buscar a Esmeralda que estaba que caía al fondo del lago… Justamente sus padres la salvaron ante de que sucediera su pérdida total, llevándola a su casa. Esmeralda aprendió que siempre hay que hacerle caso a los padres, porque siempre tienen la razón.

FIN.

Mi Gatito

por Mía Sevilla

Mi gato y mi gata: Son peludos como un algodón… Les gusta jugar como un león…

Por las noches, maúllan cundo los dejan solos… Cuando beben su leche, les queda bigote blanco como un copo de nieve…

Les gusta el turrón igual que el bombón… Les da miedo las arañas que suben y bajan…Cuando los llevan a pasear, empiezan a caminar sin pensar hacia donde quieren ir o venir… Mis gatos se quieren mucho entre ellos y yo los quiero con mucho cariño…

FIN.

Mi Pequeño Ayudante

Peludo

por Mía Sevilla

Había una vez, en un pueblo… Cerca del Polo Norte, Santa Claus se preparaba para la navidad del 24 de diciembre, cuando en el pueblo se entregan los regalos a todos los niños. El día había llegado: Pero algo empezó a inquietar a Santa Claus; Un ayudante que siempre lo ayudaba, se había congelado en el Monte Éverest, recogiendo unas cartas de un niño y una niña. Santa, antes de la noche, se fue en su trineo con sus renos en busca de un ayudante; Tuvieron que recorrer toda América y luego Europa; Pero en España, encontraron un perrito que tenía un don: Podía hablar.

Santa le empezó a contarle el problema… El perrito lo entendió y lo quiso ayudar. Santa le dio una ropa y dijo que le quedaba pequeña. Cuando se la probó el perrito, le dio unos poderes mágicos.

Fin

Santa se dio cuenta de que eran las 7:00 de la noche, así que cogió su trineo y se llevó al perrito.   Santa le dijo al perrito que entregara unos cuantos regalos mientras él revisaba la lista negra y la lista buena. Santa se dio cuenta de que el Elfo, que estaba atrapado, le había manchado un nombre de la lista buena. Santa le dijo al perrito que tenían que ir a México y éste le explicó que era la 1:30 de la mañana y que en México pasaba el tiempo muy rápido. Santa apartó al perrito y tomó el control de la nave. Al llegar, Santa entregó el regalo y se quedó muy cansado. Decidió sentarse un rato en el sillón de la familia, pero Santa no se dio cuenta de que la niña lo estaba mirando. La niña volteó mirando hacia la ventana y en un instante, Santa desapareció. Al llegar al Polo Norte, le dijo al perrito que era un héroe y que estaba contratado para volver a salvar la navidad.

Fin.

Había una vez en un refugio de gatos, miles y miles de gatos; pero uno de ellos, tenía algo especial y tenía magia…

Podía hacer salir comida de la nada… Un día, una familia decidió adoptar al gato mágico…

Ésta familia era muy bondadosa y se llevó al gato para ayudar a las personas que no tenían alimento.

Luego, cuando se llevaron al gato, decidieron dar un paseo a la ciudad para mirar quien necesitaba comida… Fueron a la ciudad y pasaron por un lugar lleno de personas hambrientas en la calle y uno de éstos era un niño y su padre cuya madre había desaparecido;

El gato y su nueva familia, fueron inmensamente felices.

FIN

CONTENIDO: